CB044349

GHASSAN KANAFANI

Tabla·

GHASSAN KANAFANI

RETORNO A HAIFA

TRADUÇÃO · AHMED ZOGHBI

1

Quando Said S. chegou à entrada da cidade, vindo de carro pelo caminho de Jerusalém, sentiu algo que lhe travou a língua, induzindo-o ao silêncio, e dissolveu-se numa tristeza que tomou seu corpo. Por um instante, pensou em voltar. Sem olhar para ela, sabia que chorava em silêncio, enquanto ouvia o som do mar exatamente como no passado. Não, a memória não lhe veio aos poucos, despencou como uma avalanche na sua cabeça... um mundo de pedras que ruía e o soterrava. Os incidentes e acontecimentos surgiram de repente e desabaram sobre ele, oprimindo todo o seu corpo. Pensou consigo mesmo que Safiya, sua esposa, sentia exatamente a mesma coisa e por isso chorava.

Desde que partira de Ramallah naquela manhã não tinha parado de falar — tampouco ela. Os campos atravessavam o para-brisa e aquele calor insuportável queimava sua testa, como o asfalto que fervia sob os pneus do carro. Acima dele, o sol escaldante de junho espalhava sua fúria.

Durante o longo percurso, ele falava e falava. Falava com sua esposa sobre tudo: a guerra e a derrota; o Portão de Mandelbaum, que os tanques derrubaram; o inimigo que chegou até a margem do rio e o Canal de Suez e a entrada de Damasco; o cessar-fogo; o rádio e o saque de coisas e objetos pelo exército; e o toque de recolher;

e o primo que está no Kuwait com suas preocupações; e o vizinho que recolheu suas coisas e fugiu; e os três soldados árabes que lutaram durante dois dias sozinhos no morro próximo ao Hospital Augusta Victoria; e os homens que tiraram seus uniformes e combateram nas ruas de Jerusalém; e o camponês que foi morto quando o viram próximo a um dos maiores hotéis de Ramallah. Sua esposa ainda falou sem parar sobre muitas outras coisas durante o trajeto. E agora, quando chegaram à entrada de Haifa, calaram-se ao mesmo tempo e perceberam, naquele momento, que não haviam dito uma palavra sequer sobre o assunto que os trouxera ali.

Aí estava Haifa, vinte anos depois.

Na tarde de 30 de junho de 1967, o carro, um Fiat cinza com placa branca da Jordânia, viajava para o norte, cruzando a planície cujo nome, havia vinte anos, era Marj Bin Amer. Ele percorria a região costeira, em direção à entrada sul de Haifa; então atravessou a pista e pegou a via principal. Sentiu que todas as paredes vieram abaixo e a rua se dissolveu numa enxurrada de lágrimas.

— Esta é Haifa, Safiya! — ele se ouviu dizer à esposa.

Sentiu o volante pesado entre as mãos, suadas como nunca.

"É Haifa, eu a conheço, mas ela me ignora", ocorreu-lhe dizer, porém mudou de ideia.

Depois de um instante, atingido por um pensamento, disse:

— Sabe, por vinte longos anos, sempre achei que o Portão de Mandelbaum seria aberto algum dia... Mas nunca imaginei que o seria pelo outro lado. Não passava pela minha cabeça; por isso, quando o abriram, a situação pareceu assustadora, estúpida e, de certa forma, humilhante... Posso parecer louco por dizer que todas as portas devem se abrir de um único lado e que se forem abertas pelo outro lado, temos que considerá-las como se estivessem fechadas... mas essa é a verdade.

Voltou-se para Safiya, que permanecia alheia, com o olhar fixo na estrada: ora à direita, onde as terras cultivadas se estendiam tão longe quanto se podia ver, ora à esquerda, onde o mar, distante por mais de vinte anos, soava perto.

— Nunca imaginei que fosse vê-la de novo — ela disse subitamente.

— Você não a vê, eles a mostram para você — Said retrucou.

Nesse momento, pela primeira vez, ela perdeu o controle e gritou:

— Que divagações são essas que você proferiu o dia todo?! Os portões, as visões e tudo o mais. O que aconteceu com você?

"O que aconteceu comigo?", disse a si mesmo, tremendo, mas controlou os nervos e voltou a dizer, calmamente:

— Eles abriram as fronteiras de repente, logo que concluíram a ocupação, e isso não ocorreu em qualquer outra guerra na história; você sabe das coisas assustadoras que aconteceram em abril de 1948. Por que isso agora? Por causa dos meus belos olhos ou dos seus? Não. É parte da guerra. Eles nos dizem: "Entrem e vejam como somos melhores e mais evoluídos. Vocês têm que aceitar nos servir e nos admirar...". Mas você pode ver por si mesma: nada mudou... Nós poderíamos ter feito por ela algo muito melhor...

— Então por que você veio?

Lançou-lhe um olhar severo, e ela se calou.

Se sabia, por que perguntava? E foi ela que insistiu para que viessem. Por vinte longos anos, ela evitou falar do assunto. Vinte anos. Então o passado eclodiu como um vulcão em erupção...

Enquanto dirigia pelas ruas de Haifa, o cheiro da guerra ainda era forte o suficiente para fazer com que a cidade lhe parecesse obscura, excitante e provocadora, com seus rostos duros e selvagens. Depois de um tempo, percebeu que dirigia pelas ruas de Haifa com a sensação de que nada havia mudado. Ele a conhecia, pedra por pedra, cruzamento por cruzamento, pois havia percorrido suas vias com o Ford verde 1946 inúmeras vezes.

Ele a conhecia muito bem... dirigindo agora, depois de vinte anos, como costumava fazer, sentia como se não tivesse ficado ausente por todos aqueles amargos anos.

E os nomes livravam-se da poeira e ressurgiam para ele: Wadi Annisnas, rua Malik Faisal, praça Hanatir, Halisa, Hadar. Os nomes se misturavam em sua mente, mas ele se manteve sóbrio e perguntou à esposa em voz baixa:

— Por onde começaremos?

Safiya permaneceu calada. Ele a ouviu chorar quase em silêncio, e compartilhou daquele sentimento, mesmo sem conseguir avaliar o tamanho do sofrimento dela, que perdurou por vinte anos e que agora se erguia como um gigante em suas entranhas, em sua cabeça, em seu coração, em suas lembranças e imaginação, e controlava todo seu futuro.

Espantou-se com o fato de nunca ter pensado sobre o que esse sofrimento poderia significar para ela e como penetrou em suas rugas, em seus olhos e em sua mente. Estava com ela em cada porção do que comia, em cada tenda em que viveu, em cada olhar que dirigiu aos filhos, a ele e a si mesma.

Agora, tudo brotava dos destroços do esquecimento e da dor, trazendo o peso da derrota amarga que ele havia provado pelo menos duas vezes na vida.

Subitamente, o passado desabou sobre ele, afiado como uma faca. Virava o carro no final da rua Malik Faisal (as ruas para ele não tinham mudado de nome), em direção ao cruzamento que desce para o porto, direto para a estrada que leva a Wadi Annisnas, quando viu um grupo de soldados armados, parados no cruzamento, diante de um bloqueio blindado.

Enquanto os observava com o canto do olho, escutou um barulho parecido com uma explosão à distância. E ouviu uma rajada de tiros que fez o volante tremer entre suas mãos. Quase bateu na calçada, mas no último instante recuperou-se. Viu um menino correndo pela rua. Aquela cena o transportou ao terrível e tumultuado passado. Pela primeira vez, em vinte anos, lembrou-se do que acontecera, com riqueza de detalhes, como se estivesse revivendo tudo.

Manhã, quarta-feira, 21 de abril de 1948.

Haifa não esperava os acontecimentos, apesar de estar coberta de tensão e fúria.

O bombardeio veio abruptamente do leste, do alto do Monte Carmelo. As luzes dos morteiros atravessaram o centro da cidade na direção dos bairros árabes.

As ruas de Haifa transformaram-se num caos, onde reinou o medo que impôs a toda a região o fechamento das lojas e oficinas, e das janelas das casas.

Said S. estava no coração da cidade quando o som de tiros e explosões encheu o céu de Haifa até o início da tarde. Ele não imaginou que aquele ataque seria tão abrangente e tentou, assustado, pela primeira vez, voltar para casa, quando descobriu que seria impossível. Percorreu as ruas secundárias com a intenção de chegar a Halisa, onde morava, mas a confusão se espalhou. Ele viu homens armados correndo da rua adjacente para a principal e vice-versa. Moviam-se orientados por instruções que vinham de alto-falantes dispostos em lugares estratégicos. Depois de um tempo, Said ficou ainda mais confuso. Os becos, fechados por armas ou pelos próprios soldados, pareciam conduzi-lo para uma única direção. Mais de uma vez, enquanto tentava retornar ao caminho principal escolhendo um beco em particular, foi empurrado por uma força invisível rumo a um só destino: o caminho do litoral.

Ele estava casado com Safiya havia um ano e quatro meses e alugara uma pequena casa naquela região, pois achava que seria mais seguro. Agora, subitamente sentiu que não chegaria a ela... e sabia que sua esposa não conseguiria cuidar de si mesma. Desde que a trouxera da aldeia, ela não tinha se acostumado à vida na cidade nem à complexidade das circunstâncias sem solução, o que lhe causava terror. O que aconteceria a ela?

Estava mais ou menos perdido e não tinha a menor ideia de onde se dava o combate nem de que jeito. Pelo que sabia, ou até onde podia saber, os ingleses ainda controlavam a cidade, e o desfecho dos acontecimentos, estava previsto para ocorrer após três semanas, quando os britânicos começariam a se retirar segundo a data marcada.

Acelerou o passo, ciente de que devia evitar os lugares altos ligados pela rua Herltz, onde os judeus se estabeleceram desde o começo; por outro lado, devia distanciar-se do Centro Comercial que ficava entre o bairro Halisa e a rua Allenby, porque ali era o lugar em que se concentrava em peso o armamento deles.

Então, circundou o Centro Comercial para chegar até Halisa. Estava diante da rua que terminava em Wadi Annisnas e que passava pela Cidade Velha.

De repente, as coisas se misturaram e os nomes se cruzaram: Halisa, Wadi Ruchmaya, Alburj, a Cidade Velha, Wadi Annisnas; sentiu-se completamente desnorteado e perdeu o rumo. O bombardeio aumentou. Mesmo estando distante do local do tiroteio, conseguiu distinguir os soldados ingleses fechando algumas passagens e abrindo outras.

Então, percebeu que estava na Cidade Velha e correu, com uma vitalidade que não imaginava ter, na direção sul da rua Stanton, pois sabia que ficava a menos de duzentos metros da rua Halul. Sentiu o cheiro do mar.

Imediatamente, lembrou-se do pequeno Khaldun, seu filho, que completava cinco meses naquele mesmo dia, e uma escuridão se apossou dele. Sentiu um gosto na língua que nunca deixou de sentir e que sente até hoje, vinte anos depois.

Ele podia esperar por esse desastre? Os eventos se misturaram, passado e presente juntos, e se confundiram com os pensamentos, as ilusões, as imaginações e os sentimentos dos próximos vinte anos. Ele sabia? Sentiu a fatalidade antes que ela ocorresse? Às vezes, dizia a si mesmo: "Sim, eu sabia antes mesmo de acontecer". Outras vezes, pensava: "Não, só me dei conta depois. Não poderia esperar nada tão horrível quanto aquilo".

A noite se instalou sobre a cidade. Ele não fazia ideia de quantas horas haviam se passado desde que começou a correr pelas ruas, uma por uma. Ficou evidente que era empurrado em direção ao porto, já que todas as ruas adjacentes que levavam à via principal foram fechadas. Continuou mergulhando nessas ruas, tentando chegar em casa, mas sempre era levado de volta, às vezes por canos de fuzis, às vezes por baionetas.

O céu estava em chamas, estalando com tiros, bombas e explosões, próximos e distantes. Era como se os mesmos sons empurrassem todos em direção ao porto. Mesmo que não conseguisse se concentrar em nada específico, não podia deixar de ver como a multidão crescia a cada passo. As pessoas saíam dos becos para a rua principal, desembocando no porto; homens, mulheres e crianças, de mãos vazias ou carregando algumas pequenas posses, choravam ou nadavam naquele espanto num silêncio mortal. Ele mergulhou nas ondas da multidão e perdeu o controle de seus passos. Ainda se lembrava de que ia na direção do mar, conduzido pela multidão que chorava espantada, sem conseguir pensar em nada. Em sua mente havia uma única imagem, como uma foto pendurada na parede: sua esposa Safiya e seu filho Khaldun.

Os momentos duros passavam lentamente e pareciam um pesadelo terrível e inacreditável. Atravessou o portão de ferro do porto, onde os soldados britânicos encurralavam a multidão, e de lá pôde ver as pessoas caindo sobre os pequenos barcos ancorados no cais. Sem saber ao certo o que devia fazer, decidiu não avançar até os barcos. E como alguém que repentinamente enlouquece, ou alguém cujos sentidos retornam de uma só vez depois de um longo período de insanidade, virou-se e empurrou as pessoas com cada grama de força que conseguiu reunir, forjando um caminho pelo meio da horda, na direção oposta, de volta ao portão de ferro.

Como se atravessasse uma cachoeira que vinha de uma montanha muito alta, Said abria caminho com seus ombros, braços, pernas e cabeça. A correnteza o arrastava para trás e ele voltava a avançar ferozmente, parecendo um animal caçado que abre um caminho impossível numa mata virgem emaranhada. Sobre sua cabeça, havia fumaça, estrondo de bombas e rajadas de tiros, que se misturavam com os gritos, o som do mar, os passos perdidos da multidão e o barulho dos remos batendo na superfície da água...

Será que realmente se passaram vinte anos?

O suor frio escorria pela testa.

Conduzia o carro pela encosta. Não contava com o retorno das lembranças, cheias da mesma turbulência insana que legitimamente pertencia aos momentos reais da sua própria experiência. Mirou sua esposa com o canto do olho; seu rosto estava rígido, pálido, e os olhos cheios de lágrimas. Certamente devia estar voltando em seus próprios passos àquele mesmo dia em que ele estava próximo do mar e ela tão perto quanto possível da montanha, enquanto entre os dois se estendiam os fios invisíveis do medo e da confusão, sobre um pântano temível e desconhecido.

Estava, como ela havia lhe dito mais de uma vez nos anos anteriores, pensando nele.

Quando teve início o tiroteio, e as pessoas vinham com notícias de que os ingleses e os judeus começaram a tomar Haifa, Safiya sentiu um medo terrível.

Pensava nele quando ouviu o som da batalha vindo do centro da cidade... sabia que vinha de lá. Sentiu-se mais segura. Permaneceu em casa por um tempo, mas quando percebeu que ele demorava, correu para a rua, sem saber ao certo o que buscava. Antes, olhava através da janela e pela varanda. Sentiu que as coisas mudaram completamente quando o fogo desabou com intensidade, no começo da tarde, vindo das colinas situadas acima de Halisa. Sentiu-se sitiada e só então desceu os degraus. Ao longo do caminho, em direção à rua principal, a urgência e o desejo de vê-lo davam a medida do quanto temia por ele. Sua preocupação com o destino incerto a conduzia para mil possibilidades a cada tiro disparado. Quando chegou ao começo da rua, passou entre os veículos apressados, e seus passos a levaram por entre carros e pessoas; indagava sem obter respostas. De repente, viu-se no meio da multidão, sendo empurrada para todos os cantos da cidade pela correnteza incontrolável, como um galho levado por um rio violento.

Quanto tempo se passou até que ela se lembrasse de que o bebê, Khaldun, ainda estava em seu berço em Halisa?

Não sabia ao certo, mas percebeu que uma força imperiosa a fixava no chão, por onde a multidão interminável de pessoas passava e tocava seus ombros, feito uma árvore bem enraizada numa forte enxurrada. Então, tentou resistir àquela correnteza com toda a sua força e, diante da debilidade e do cansaço, gritou com toda a potência que sua garganta possuía. Suas palavras viajavam por sobre a multidão, mas não chegavam ao ouvido de ninguém. Ela repetiu "Khaldun" mil... um milhão de vezes. Meses depois, ainda carregava em sua boca uma voz rouca, maltratada e inaudível, e a palavra "Khaldun" permaneceu como um ponto flutuando no nada, perdido no meio de uma avalanche sem fim de vozes e nomes.

Estava quase caindo sob os pés das pessoas quando ouviu uma voz, que a arrancou da terra, chamar seu nome. Ao ver o rosto coberto de suor, raiva e cansaço, sentiu o tamanho da desgraça. A tristeza lhe atingiu o peito como uma facada forte e interminável; decidiu voltar a qualquer preço. Pensou que talvez nunca mais conseguisse olhar nos olhos de Said nem nunca mais o deixasse tocá-la. Intimamente, se deu conta de que perdia os dois ao mesmo tempo: Said e Khaldun...

Seguiu abrindo caminho com a força que tinha nos braços, no meio de uma floresta que fechava o espaço a seu redor. Ao mesmo tempo, tentava se perder de Said, que tomara a decisão, sem perceber — e sem refletir —, de chamar, alternadamente, por Safiya e Khaldun...

Será que se passaram gerações e eras antes de ela sentir as mãos fortes e firmes puxando-a pelos ombros?

Ela olhou-o nos olhos e foi acometida por uma espécie de paralisia, que a fez cair sobre seu ombro como um trapo sem valor. Ao redor deles, uma corrente de gente os empurrava de um lado para outro em direção ao mar, mas não tinham mais forças nem sentiam nada. Somente quando viram a espuma da água flutuando por baixo dos remos, olharam para a praia, onde a cidade de Haifa desaparecia embaçada atrás da tarde e das lágrimas.

2

No caminho de Ramallah a Haifa, passando por Jerusalém, falou sobre tudo, sem parar nem por um momento. Quando chegou à entrada de Bet Galim, foi tomado pelo silêncio. "Aqui está Halisa", pensou enquanto ouvia o som das rodas do carro. Seu coração agitado fazia ele se perder de vez em quando. Vinte anos de ausência se reduziram e, de repente, de forma incrível, as coisas voltaram para onde estavam, como que contrariando razão e lógica. O que ele procurava?

Uma semana antes, em sua casa em Ramallah, Safiya havia lhe dito:

— Estão indo a todos os lugares agora. Por que não vamos a Haifa?

Said jantava naquele momento e viu sua mão parar involuntariamente entre o prato e a boca. Olhou para a esposa depois de um instante e a viu se afastar para que ele não pudesse ler nada em seus olhos. Então disse a ela:

— Ir para Haifa? Para quê?

— Para ver nossa casa. Apenas isso — ela respondeu em voz baixa.

Voltou a colocar a porção de comida no prato, levantou-se e ficou de pé diante dela. Safiya manteve a cabeça baixa contra o peito, como alguém confessando um pecado inesperado. Ele ergueu sua cabeça para olhá-la nos olhos, que estavam úmidos.

— Safiya, o que você deseja com isso? — ele perguntou com compaixão.

Então acenou com a cabeça e concordou sem falar, pois ele sabia o que ela pensava. Talvez Said também pensasse nisso o tempo todo, mas ela esperava que ele tocasse no assunto; assim não se sentiria — como sempre — culpada pela catástrofe que se apossou de ambos os corações.

— Khaldun? — Said sussurrou com a voz rouca.

De repente, esse nome, que permaneceu tácito por tanto tempo, estava fora, num espaço aberto. Nas poucas vezes que se referiram à criança, sempre disseram "ele". Evitaram dar a qualquer um dos outros filhos esse nome, embora chamassem o mais velho de Khalid e a filha, que nasceu um ano e meio mais tarde, de Khalida. Said, chamado de Abu Khalid, e seus velhos amigos, que tinham conhecimento do que ocorrera, concordaram em dizer que Khaldun havia morrido. Como pôde o passado entrar correndo pela porta dos fundos de maneira tão extraordinária agora?

Said permaneceu parado, como se dormisse em algum lugar distante. Depois de um tempo, recuperou o fôlego e voltou para seu lugar. Antes de se sentar, disse:

— Ilusão, Safiya, ilusão! Não se deixe enganar por essa imagem triste. Você sabe como procuramos e investigamos. Você conhece as histórias da Cruz Vermelha, das Forças de Manutenção da Paz e dos amigos estrangeiros que enviamos para lá. Não, não quero ir a Haifa. É humilhante. Se já é uma humilhação para as pessoas de Haifa, para você e para mim, é uma dupla humilhação. Por que nos torturar?

O soluço soou mais alto, mas ela permaneceu em silêncio. Passaram a noite sem dizer uma palavra, e a ouvir o som das botas dos soldados nas ruas e os comandos emitidos pelo rádio.

Quando foi dormir, sabia, em seu coração, que não teria como fugir daquilo. O pensamento que o espreitava por vinte anos finalmente veio à luz, e não era possível voltar a enterrá-lo. Mesmo sabendo que sua esposa não dormia e pensava na mesma coisa, ele não lhe disse nada. No começo da manhã, ela se dirigiu a ele calmamente:

— Se você quer ir, leve-me com você. Said, não tente ir sozinho.

Ele conhecia bem Safiya e tinha consciência de que ela sabia exatamente o que passava pela cabeça dele. Mais uma vez, ela capturou seu pensamento a meio caminho. Durante a noite, tinha decidido ir sozinho. Ela descobriu sua decisão de forma instintiva.

Permaneceram suspensos sobre os pensamentos, dia e noite, por uma semana. Mastigavam-nos com a comida e dormiam com eles, mas não diziam uma palavra sobre o assunto. Então, apenas um dia antes, Said disse à esposa:

— Vamos para Haifa amanhã, pelo menos para olharmos. Talvez possamos passar perto de nossa casa. Acho que eles emitirão uma ordem proibindo o deslocamento em breve, pois seus cálculos estavam errados.

Ficou quieto por um momento e não tinha certeza se queria mudar de assunto, mas se permitiu continuar:

— Em Jerusalém, Nablus e aqui, as pessoas falam todos os dias sobre suas visitas a Yafa, Akka, Tel Aviv, Haifa, Safad, e aos vilarejos da Galileia e do Muthallath. Contam a mesma história. Parece que o que eles viram com os próprios olhos é pior do que imaginavam. Todos voltam muito decepcionados. O milagre de que os judeus falavam não era mais do que uma ilusão. Há uma forte reação negativa no país, exatamente o oposto do que eles pretendiam quando nos abriram a fronteira. Por isso, Safiya, suponho que eles cancelarão a ordem em breve. Então, pensei comigo mesmo: por que não aproveitamos a oportunidade e vamos?

Quando olhou para Safiya, ela tremia. Viu seu rosto empalidecer antes de fugir da sala. Ele sentiu lágrimas amargas bloquearem sua garganta. Desde então, o nome de Khaldun não parou de zumbir em sua cabeça, exatamente como ocorreu há vinte anos, repetidamente e acima da multidão que crescia no porto. Com certeza, o mesmo se passava na cabeça de Safiya, já que falaram sobre tudo ao longo da viagem... tudo, exceto Khaldun. Finalmente, perto de Bet Galim, calaram. Aqui estavam eles, olhando em silêncio para as ruas que conheciam tão bem, grudadas na cabeça feito carne e osso.

Como costumava fazer vinte anos atrás, diminuiu a velocidade do carro antes de chegar àquela curva, que escondia a superfície rochosa acidentada atrás dela. Virou o carro da maneira de sempre e subiu a encosta, observando o local com atenção pela estrada estreita. Os três ciprestes que pendiam na estrada traziam novos ramos. Queria parar um momento para ler os nomes há muito tempo esculpidos nos troncos, pois quase podia lembrá-los um a um, mas não o fez. Contudo, uma lembrança lhe veio à mente ao ver uma pessoa da família Khoury atravessar um portão que ele conhecia bem. Essa família possuía um prédio ao sul da Stanton, próximo à rua Almuluk. Foi nesse prédio — no dia da fuga — que os combatentes árabes montaram barricada e lutaram até a última bala e talvez até o último homem. Quando passara pelo edifício, fora empurrado para o porto por uma força maior do que ele. Lembrou-se exatamente de que estivera lá, e de que apenas lá a memória caiu sobre ele, golpeando-o como uma pedra. Fora ali, naquele mesmo lugar, que se lembrara de Khaldun, e seu coração ficou apertado do mesmo modo que há vinte anos... batendo tão alto que quase se podia ouvir.

De repente, a casa surgiu; a mesma casa em que ele havia vivido e que vivera em sua memória por todo aquele tempo. Aqui estava ela, com suas varandas pintadas de amarelo.

Naquele instante imaginou Safiya jovem de novo, com as tranças longas, inclinada sobre o alpendre, olhando para ele. Havia um novo varal, esticado entre duas vigas, com novas roupas, vermelhas e brancas, penduradas. Safiya chorou de forma que se podia ouvir. Ele virou o carro para a direita e subiu com as rodas sobre a calçada baixa, estacionando-o em seu antigo local, como costumava fazer há exatamente vinte anos.

Said S. hesitou por um instante, deixando o motor morrer. Sabia que se ficasse por muito tempo parado ali, ligaria o motor novamente e retornaria. Fez parecer, para ele e para ela, que tudo era perfeitamente natural, como se os últimos vinte anos tivessem sido colocados numa prensa e esmagados até se tornarem uma fina folha de papel transparente. Então, saiu do carro e bateu a porta atrás dele. Ajeitou o cinto da calça, olhou para a varanda e balançou displicentemente as chaves na palma da mão.

Safiya aproximou-se, ficou a seu lado, mas não estava tão composta quanto o marido. Ele a pegou pelo braço e cruzaram a rua... a calçada, o portão de ferro verde... até os degraus.

E começaram a subir. Ele não lhes deu a chance de ver as pequenas coisas que, sabia muito bem, mexeriam com ele e o fariam perder o equilíbrio: a campainha, a maçaneta de cobre, os rabiscos das crianças, a caixa de luz, o quarto degrau quebrado no centro, a balaustrada curva e lisa, a grade de ferro da janela, o primeiro andar onde morava Mahjub Assaadi, cuja porta ficava sempre entreaberta, com crianças brincando na frente, enchendo aquela escada com seus gritos. Chegaram a uma porta de madeira fechada e recentemente pintada.

Ele tocou a campainha e comentou em voz baixa com Safiya:

— Mudaram a campainha.

Calou-se por um momento e então acrescentou:

— E o nome, naturalmente!

Forçou um sorriso tolo, apertou a mão de Safiya, que lhe parecia fria e trêmula, enquanto por trás da porta soavam passos lentos, e disse para si mesmo: "Uma pessoa idosa, sem dúvida". Com o som abafado da fechadura, a porta se abriu devagar.

— Então ela é ela — disse, não soube se em voz alta ou para si mesmo como um profundo suspiro. Permaneceu parado no mesmo lugar sem ter ideia do que deveria dizer. Culpou-se por não haver preparado uma frase de abertura, apesar de ter imaginado que esse momento chegaria. Ele se moveu e olhou para Safiya pedindo ajuda. Umm Khalid deu um passo à frente e disse:

— Podemos entrar?

A senhora não entendeu. Ela era um pouco gorda, baixa e usava um vestido azul com bolinhas brancas. Quando Said traduziu para o inglês, as linhas da testa da mulher se ergueram, mostrando surpresa. Ela se afastou do caminho para que eles entrassem, depois os conduziu para a sala de estar.

Ele a seguiu, com passos lentos e hesitantes, tendo Safiya a seu lado. Passaram a observar as coisas ao redor com certa perplexidade. A entrada parecia menor e mais úmida do que ele imaginava. Viu muitas coisas que um dia considerou, e ainda considerava, íntimas e pessoais, acreditando serem sagradas e de caráter privado, que ninguém poderia conhecer, tocar ou ver. A imagem de Jerusalém, de que se lembrou com muita nitidez, ainda estava pendurada no mesmo lugar. Na parede oposta, um pequeno tapete sírio permanecia onde sempre estivera.

Olhou em volta e redescobriu os itens, ora pouco a pouco, ora de uma só vez, como alguém que se recuperou de um longo período de inconsciência. Quando chegaram à sala, viu duas cadeiras do conjunto de cinco que eles possuíam. As outras três eram novas, mas pareciam mais grosseiras e fora de harmonia com o restante dos móveis. No centro da sala estava a mesma mesa, cravejada de conchas, embora sua cor tivesse desbotado. O vaso de vidro sobre a mesa havia sido substituído por um de madeira, ainda com um ramo de penas de pavão, que costumava conter sete delas. Tentou contá-las de onde estava sentado, mas não conseguiu. Então se levantou, foi em direção ao vaso e contou-as. Havia apenas cinco.

Quando se virou para retornar a seu lugar, viu que as cortinas tinham sido trocadas. Aquelas que Safiya havia feito vinte anos antes, de crochê bege, desapareceram dali e foram substituídas por cortinas com longas listras azuis.

Então, seu olhar pousou sobre Safiya, que, confusa, examinava com seus próprios olhos os cantos da sala, como se enumerasse as coisas que faltavam. A mulher gorda e idosa, sentada diante deles no braço de uma das cadeiras, olhava-os com um sorriso inexpressivo no rosto. Finalmente, sem mudar aquela expressão fria, ela disse:

— Eu espero por vocês há muito tempo.

Seu inglês era hesitante e marcado por um sotaque próximo do alemão. Parecia puxar as palavras como se as tirasse de um poço sem fundo assim que as pronunciava.

Said inclinou-se para a frente e perguntou a ela:

— Você sabe quem somos?

A mulher balançou a cabeça positivamente várias vezes para enfatizar sua certeza. Pensou por um momento, escolhendo as palavras, e então disse com vagar:

— Vocês são os donos desta casa, eu sei disso.
— Como sabe?

A pergunta foi feita por Said e Safiya ao mesmo tempo.

O sorriso da senhora se alargou. Ela respondeu:

— Por tudo. Pelas fotografias, pelo jeito que vocês dois ficaram parados na frente da porta... A verdade é que, desde que terminou a guerra, muitas pessoas vieram... olhavam as casas e entravam nelas. Todos os dias eu dizia que com certeza vocês viriam.

De repente, ela pareceu confusa e passou a olhar as coisas a sua volta, espalhadas na sala, como se as estivesse vendo pela primeira vez. Involuntariamente, Said acompanhou seu olhar, movendo-o para onde o dela se movia, e Safiya fez a mesma coisa. Said disse a si mesmo: "Que estranho! Três pares de olhos olhando para uma mesma coisa... Mas quão diferente cada um a vê!".

Ele ouviu a voz da mulher, agora mais baixa e ainda mais vagarosa.

— Desculpe, mas foi assim que as coisas aconteceram. Nunca havia pensado no assunto até agora.

Said sorriu amargamente. Não sabia como poderia dizer a ela que não tinha vindo por esse motivo; que não entraria numa discussão política; que sabia que ela não era culpada de nada.

"Sem culpa nenhuma?"

Não, não exatamente! Mas como ele poderia explicar isso a ela?

Safiya poupou-o do problema e questionou-a com uma voz que parecia inocentemente desconfiada, enquanto ele traduzia:

— De onde você veio?

— Da Polônia.

— Quando?

— Em 1948.

— Quando exatamente?

— No início de março de 1948.

Um forte silêncio se apoderou do lugar, e todos olharam para coisas que não tinham por que olhar. Said quebrou o silêncio, dizendo com calma:

— Naturalmente, não viemos lhe dizer para sair daqui. Isso precisaria de uma guerra...

Safiya apertou sua mão para evitar que continuasse a conversa, e ele entendeu.

Tentou manter suas palavras mais próximas do assunto.

— Quero dizer, sua presença aqui, nesta casa, nossa casa, minha e de Safiya, é outra questão. Nós só viemos olhar as coisas, essas coisas são nossas. Talvez você possa entender isso.

Ela disse rapidamente:

— Eu entendo, mas...

Então ele perdeu a compostura.

— Sim, mas! Esse "mas" é terrível, mortal, sangrento...

Ficou em silêncio sob a pressão do olhar de sua esposa. Sentiu que nunca conseguiria atingir seu objetivo. Estavam prestes a colidir, e o que se seguiria agora não seria mais do que uma conversa absurda.

Por um momento, pensou em se levantar e sair, pois nada mais lhe importava. Se Khaldun estava vivo ou morto, já não fazia diferença. Quando as coisas chegam a esse ponto, simplesmente não há o que dizer. Estava cheio de uma raiva desamparada e amarga, e sentiu como se estivesse prestes a explodir por dentro. Seu olhar caiu, sem saber por quê, sobre as cinco penas de pavão depositadas no vaso de madeira no meio da sala. Viu suas cores vivas e raras se deslocarem com a brisa vinda da janela aberta. De repente, perguntou bruscamente, indicando o vaso:

— Havia sete penas, o que aconteceu com as outras duas?

A senhora olhou para onde ele apontava e voltou a olhá-lo surpresa, enquanto Said continuava a indicar o vaso com o braço, com o olhar fixo, esperando a resposta. O universo inteiro se sustentava no equilíbrio presente na ponta de sua língua. Ela se levantou da cadeira, segurou o vaso como se fosse a primeira vez e, com vagar, disse:

— Não sei onde estão as duas penas de que você está falando. Não consigo me lembrar. Talvez Dov tenha brincado com elas e as tenha perdido quando era criança.

— Dov?

Eles disseram isso juntos, Said e Safiya, e se levantaram como se a terra os tivesse lançado para o alto. Olharam-na tensamente, e ela continuou:

— Sim, Dov. Eu não tenho ideia de qual era o nome dele, mas sabe de uma coisa: ele se parece com você...

3

Agora, passadas duas horas de conversa intermitente, era possível colocar as coisas em ordem: entender o que havia ocorrido naqueles poucos dias entre a noite de quarta-feira, 21 de abril de 1948, quando Said S. deixou Haifa num barco britânico com sua esposa, para serem jogados, uma hora depois, na costa prateada de Akka, e quinta-feira, 29 de abril de 1948, quando um membro do Haganah, acompanhado por um homem idoso que parecia uma galinha, abriu a porta da casa de Said S. em Halisa, e liberou o caminho para Efrat Koshen e sua esposa, ambos vindos da Polônia, entrarem no que a partir de então se tornou sua casa, alugada do Departamento de Custódia das Propriedades dos Ausentes em Haifa.

Efrat Koshen chegou a Haifa, vindo de um porto italiano com sua esposa, no início do mês de março, sob os auspícios da Agência Judaica. Havia deixado Varsóvia com um pequeno comboio de pessoas no início de novembro de 1947. Morou numa residência temporária, nos arredores do porto italiano, que na época exibia um movimento incomum. No início de março de 1948, foram levados de navio com alguns dos outros homens e mulheres para Haifa.

Seus documentos estavam em perfeita ordem. Um pequeno caminhão o conduziu com seus poucos bens pela área portuária barulhenta e repleta de soldados britânicos, trabalhadores árabes e mercadorias, cruzando as ruas tensas de Haifa, onde se ouviam os sons de tiros esporádicos. Em Hadar, foi alojado num pequeno quarto de um prédio lotado de pessoas.

Efrat Koshen logo percebeu que a maior parte daqueles quartos estava ocupada por imigrantes recentes, à espera de uma eventual transferência para algum outro lugar. Não sabia se os residentes usavam o nome "Alojamento de Imigrantes" como uma novidade quando se sentavam juntos para jantar todas as noites, ou se esse nome já existia antes e eles simplesmente faziam uso dele.

Talvez tenha avistado Halisa de sua varanda algumas vezes, mas não sabia, nem podia imaginar, que viria a morar lá. Na verdade, acreditava que, quando as coisas se acalmassem, seria transferido para uma casa tranquila, numa região rural, ao pé de uma colina na Galileia — ele havia lido *Ladrões nas trevas*, de Arthur Koestler, enquanto esteve na Itália. Fora emprestado por um homem que viera da Inglaterra para supervisionar a operação de migração e vivera por um tempo naquelas colinas da Galileia, as quais Koestler usou como pano de fundo de sua novela. Na verdade, não se sabia muito sobre a Palestina naquele tempo. Para Efrat, a Palestina não era mais do que um palco adaptado de uma antiga lenda, ainda decorado à maneira das cenas coloridas retratadas em livros religiosos cristãos, destinados a serem lidos por crianças na Europa. Claro, ele não acreditava plenamente que o lugar era apenas um deserto redescoberto pela Agência Judaica depois de dois mil anos, ainda que isso não fosse o que mais lhe importava. Tinha sido instalado naquele alojamento onde a espera virara uma rotina diária para si e para os outros que lá estavam.

Talvez por ter ouvido tiros desde que abandonou o porto de Haifa, no final daquela primeira semana de março de 1948, não lhe ocorreu que algo terrível estivesse acontecendo naquele momento. De qualquer forma, nunca conhecera um árabe em toda a sua vida. Na verdade, foi em Haifa que encontrou o primeiro árabe, um ano e meio após a ocupação. Essa situação fez com que ele, durante esses tempos difíceis, guardasse uma imagem única e ambígua do que realmente ocorria. Era uma imagem mítica, em perfeita harmonia com o que imaginara em Varsóvia, e depois na Itália, durante vinte e cinco anos de sua vida. Até então, todas aquelas batalhas sobre as quais ele havia ouvido falar ou lido no *Palestine Post* todas as manhãs não passavam de combates travados entre homens e fantasmas.

Onde exatamente ele se encontrava na quarta-feira, dia 21 de abril de 1948, no momento em que Said S. estava perdido entre a rua Allenby e Harat Halul, e sua esposa, Safiya, era levada de Halisa até a margem do Centro Comercial na direção da rua Stanton?

Nesse ponto, era impossível recordar os eventos com precisão e detalhes. No entanto, lembrou-se do ataque que teve início na quarta-feira de manhã e que durou, sem interrupção, até a noite de quinta-feira. Somente na manhã de sexta-feira, dia 23 de abril, pôde dizer com certeza que tudo havia acabado em Haifa, e que a Haganah controlava completamente a situação. Não sabia ao certo o que havia acontecido: as explosões pareciam vir de Hadar, mas a descrição dos acontecimentos pelo rádio somada às histórias relatadas pelas pessoas que iam chegando pouco a pouco se misturavam, tornando as coisas muito difíceis de entender. Soube que o ataque, que teve início na manhã de quarta-feira, foi lançado de três pontos, e que o coronel Moshe Karmel comandava três batalhões em Hadar HaKarmel e no Centro Comercial. Um dos batalhões tinha por missão tomar Halisa, a ponte e Wadi Rachmaya, na região do porto. Ao mesmo tempo, outro batalhão avançava desde o Centro Comercial para encurralar as pessoas que fugiam, forçando-as a se dirigirem a uma passagem estreita que levava ao caminho do mar. Efrat não conhecia aqueles locais, cujos nomes ele memorizou de tanto repetir. Mas havia uma conexão entre as palavras Irgun e Wadi Annisnas, que o fez entender que aquela corja estava no comando do ataque àquele local.

Efrat Kosher não precisava de ninguém que lhe dissesse que os ingleses tinham interesse em entregar Haifa para a Haganah. Sabia que eles faziam rondas conjuntas e pôde ver por conta própria, duas ou três vezes. Não se lembrou de como recebeu as informações sobre o papel do brigadeiro Stockwell, mas estava certo de que era verdade. O rumor de que o brigadeiro direcionou todo seu apoio à Haganah circulava pelos quatro cantos do Alojamento de Imigrantes. Na verdade, Stockwell ocultou a data da retirada das forças britânicas e vazou-a apenas para a Haganah, que usou a informação como elemento surpresa, já que os árabes imaginavam que o Exército Britânico abandonaria o poder em uma data posterior.

Efrat ficou no Alojamento de Imigrantes na quarta e na quinta-feira, pois todos haviam sido instruídos a não deixar o local. Alguns começaram a sair na sexta-feira, mas ele permaneceu até sábado de manhã. Impressionou-se com o fato de não ver nenhum carro. Era um verdadeiro sábado judaico. Isso trouxe lágrimas a seus olhos, por motivos que não soube explicar. Quando sua esposa notou, ficou surpresa e disse-lhe com os olhos igualmente úmidos:

— Choro por outro motivo. Sim, é um verdadeiro sábado. Mas não há mais nenhuma verdadeira sexta-feira nem um verdadeiro domingo aqui.

Isso foi apenas o começo... Pela primeira vez, desde sua chegada, ela chamou a atenção do marido para algo preocupante, algo com o qual ele não contava e sobre o qual não pensava. De repente, os sinais de destruição que passou a notar o levaram a outro raciocínio, mas recusou-se a pensar sobre isso.

Do ponto de vista de sua esposa, Miriam, no entanto, a situação era diferente. Ela mudou quando passou perto da igreja de Belém, em Hadar. Viu, de onde estava, dois jovens da Haganah carregando algo que colocaram numa pequena caminhonete. Por um instante, percebeu o que estavam carregando, agarrou o braço do marido e, tremendo, gritou:

— Veja!

Mas Efrat não viu nada quando olhou para onde ela apontava. Os dois homens limpavam as palmas das mãos na camisa cáqui. Ela disse ao marido:

— Era uma criança árabe morta! Eu vi! Estava coberta de sangue!

Ele a guiou pelo outro lado da rua e perguntou:

— Como você sabe que era uma criança árabe?

— Você não viu como eles a jogaram no caminhão, feito um pedaço de madeira? Se fosse uma criança judia, nunca teriam feito isso.

Ele queria perguntar a ela por quê, mas, quando viu seu rosto, permaneceu em silêncio.

Miriam perdera o pai em Auschwitz havia oito anos. Antes disso, quando invadiram o lugar onde morava com o marido, refugiou-se com os vizinhos do andar de cima. Os soldados alemães não encontraram ninguém, mas, quando desceram, esbarraram em seu irmão menor, que ia ao encontro dela. Tinha dez anos e subia para informá-la — foi o que supôs — de que o pai havia sido levado para o campo de concentração e ele estava sozinho. Quando percebeu os soldados alemães, virou-se e correu. Ela assistiu a tudo por uma fresta estreita, um pequeno vão entre os degraus. De lá, viu eles atirarem no irmão.

Quando Efrat e Miriam retornaram ao Alojamento de Imigrantes, ela decidiu voltar para a Itália. Mas não conseguiu, nem naquela noite, nem nos dias seguintes, convencer o marido. Sempre perdia quando argumentava com ele e não encontrava as palavras para expressar seus pontos de vista ou explicar o verdadeiro motivo para querer ir embora.

Uma semana depois, no entanto, a situação mudou novamente. Efrat voltou de uma visita ao escritório da Agência Judaica em Haifa, com duas boas notícias: eles receberam uma casa em Haifa e, com a casa, um bebê de cinco meses.

Na noite de quinta-feira, 22 de abril de 1948. Tura Zinshtein, a mulher divorciada que morava com o filho pequeno no terceiro andar, logo acima de Said S., ouviu um som, vindo do segundo andar, de um bebê chorando já sem forças.

No começo, não podia acreditar no pensamento que lhe veio à mente, mas, como o gemido continuou, desceu ao segundo andar e bateu na porta. Por fim, sentiu-se obrigada a arrombá-la. Viu uma criança no berço, completamente exausta, e a levou para sua casa.

Tura achou que as coisas voltariam ao normal em breve. Não demorou muito, no entanto, — apenas dois dias — para que essa avaliação se dissolvesse. Percebeu que a situação era completamente diferente daquilo que imaginava. Não era possível, para ela, ficar com um bebê. Por isso, levou-o ao escritório da Agência Judaica em Haifa, acreditando que algo seria feito para resolver o problema.

Foi sorte de Efrat Koshen ter ido a esse escritório da Agência Judaica algum tempo depois, pois os oficiais viram em seus papéis que ele não tinha filhos. Ofereceram-lhe uma casa em Haifa, como uma concessão especial, caso concordasse em adotar a criança.

Essa proposição veio como uma grata surpresa para Efrat, que ansiava por adotar uma criança desde que teve certeza absoluta de que Miriam não poderia ter filhos. Parecia um presente de Deus e ele mal podia acreditar que tivesse ocorrido assim tão repentinamente. Sem dúvida, uma criança transformaria Miriam por completo, acabaria com aquela coisa estranha que vivia em seus pensamentos desde que vira a criança árabe sendo jogada no caminhão, como um pedaço de madeira sem valor.

Quinta-feira, 29 de abril de 1948, foi o dia em que Efrat Koshen e sua esposa Miriam, acompanhados pelo funcionário da Agência Judaica com cara de galinha, carregaram um bebê de cinco meses para a casa de Said S., em Halisa.

Quanto a Said e Safiya... nesse mesmo dia, os dois choravam depois que ele empreendera a última de suas inúmeras tentativas de retornar para Haifa. Cansado e sem forças, dormiu, completamente tomado pela exaustão, como se estivesse inconsciente, naquele quarto que era a sala de aula do sexto ano da Escola Maarif de Ensino Secundário, em frente ao muro que protegia a famosa prisão de Akka, na margem ocidental.

Said nem sequer provou o café de Miriam. Safiya tomou apenas um gole, e pegou um pedaço de biscoito de uma lata que Miriam ofereceu sorridente.

Said continuou a olhar ao redor e sua confusão foi diminuindo enquanto ouvia a história de Miriam se desenrolar, durante o que pareceu ser um longo tempo. Ele e Safiya continuaram presos à cadeira, esperando que algo desconhecido acontecesse, algo que não podiam imaginar.

Miriam ia e vinha, e cada vez que desaparecia atrás da porta, eles ouviam seus passos lentos se arrastando pelo piso. De olhos cerrados, Safiya podia imaginar Miriam passando pelo corredor estreito que levava até a cozinha, tendo a sua direita o dormitório. Outra vez ela ouviu a porta bater. Então, olhou para o marido e disse em tom amargo:

— Ela age como se a casa fosse dela! Como se estivesse em sua própria casa!

Sorriram em silêncio, enquanto Said pressionava as palmas das mãos entre os joelhos, incapaz de decidir o que fazer. Finalmente, Miriam voltou e Said lhe perguntou:

— Quando ele chegará?

— Já deveria estar de volta, mas está atrasado. Ele nunca foi pontual com a hora de voltar para casa, exatamente como seu pai, que...

Calou-se, mordendo o lábio e olhando para Said, que tremia como se tivesse tomado um choque elétrico. "Como seu pai!?" Então ele se perguntou: "O que é a paternidade?". Foi como abrir uma janela e deixá-la escancarada para um ciclone inesperado. Pôs a cabeça entre as mãos para tentar deter aquele giro louco da pergunta que ficou guardada em algum lugar de sua mente durante vinte anos, sem nunca ter tido a coragem de enfrentá-la. Safiya acariciava seu ombro, entendendo, de forma estranha, o impacto súbito daquelas palavras, que colidiram para provocar o inevitável. Safiya exclamou:

— Escute o que ela está dizendo! Como seu pai! Como se Khaldun tivesse outro pai além de você!

Então Miriam deu um passo à frente e se preparou para dizer algo difícil. Lentamente, ela extraiu as palavras, como se fosse uma mão puxando-as das profundezas de um poço cheio de poeira:

— Escute, Sr. Said. Quero lhe dizer algo importante: gostaria que esperasse por Dov, ou Khaldun, se preferir, para que possam conversar e encerrar a questão, pois sem dúvida ela deve ter um desfecho.

Acha que isso não tem sido um problema para mim, como tem sido para o senhor? Nos últimos vinte anos tive minhas dúvidas, mas agora chegou a hora de encerrarmos o assunto. Eu sei quem é o pai dele, também sei que ele é nosso filho, mas vamos deixá-lo decidir, vamos deixá-lo escolher. Ele já é maior de idade e devemos reconhecer que é o único que tem o direito de escolher. De acordo?

Said se levantou e caminhou pela sala; parou na frente da mesa cravejada de conchas e, mais uma vez, contou as penas no vaso de madeira. Não disse nada. Continuou em silêncio, como se não tivesse ouvido uma palavra. Miriam o observava com ansiedade. Finalmente, ele se virou para Safiya e explicou o que Miriam havia dito. Safiya se levantou, ficou a seu lado e disse com a voz trêmula:

— Essa é uma proposta justa. Estou certa de que Khaldun escolherá seus verdadeiros pais. É impossível renunciar ao chamado do sangue e da carne.

Repentinamente, Said riu com toda intensidade e sua risada se encheu de uma profunda amargura que anunciava a derrota:

— Qual Khaldun, Safiya? Qual Khaldun? De que carne e de que sangue você está falando? Você diz que esta é uma proposta justa? Eles ensinaram a ele como ser durante vinte anos, dia após dia, hora após hora na sua comida, na bebida, no descanso... E você diz que é uma proposta justa! Só que Khaldun, ou Dov, ou o diabo, ou o que quiser, não nos conhece! Quer saber o que penso?

Vamos sair daqui e voltar ao passado. O assunto está encerrado. Eles o roubaram.

Said olhou para Safiya, que havia desabado na cadeira. Pela primeira vez, ela enfrentou a verdade de um só golpe. As palavras do marido pareciam verdadeiras, mas ela ainda tentava manter o fio invisível da esperança, que havia construído em sua imaginação vinte anos antes, como uma espécie de suborno. Então seu marido lhe disse:

— Talvez ele nunca tenha sabido que é filho de árabes... Talvez tenha sabido disso há apenas um mês, ou há uma semana, ou há um ano... O que acha? Ele foi enganado, e talvez tenha ficado ainda mais entusiasmado com esse engano... O crime começou faz vinte anos e não há dúvida de que alguém pagará o preço... Teve início no dia em que o deixamos aqui.

— Mas nós não o deixamos. Você sabe.

— Deixamos, sim. Mas não deveríamos ter deixado nada. Nem Khaldun, nem a casa, nem Haifa! Não foi esse mesmo sentimento assustador que me tomou, e a você também, enquanto dirigíamos pelas ruas de Haifa? Haifa que eu acreditava conhecer me rejeitou. Tenho a mesma sensação nesta casa... aqui, na nossa casa. Pode imaginar uma coisa dessas? Que nossa casa nos rejeite? Não sente isso? Acredito que o mesmo acontecerá com Khaldun. Você verá!

Safiya soluçou com tristeza. Miriam saiu da sala, que agora parecia mergulhada numa tensão palpável. Said sentiu como se todas as paredes que sustentaram sua esperança durante vinte anos ruíssem, deixando ver as coisas com mais nitidez. Ele esperou os soluços de Safiya diminuírem. Virou-se para ela e perguntou:

— Você sabe o que aconteceu com Faris Allubda?

— Ibn Allubda? Nosso vizinho?

— Sim. Nosso vizinho de Ramallah que foi para o Kuwait. Você sabe o que aconteceu com ele quando visitou sua casa em Yafa há apenas uma semana?

— Ele foi para Yafa?

— Sim. Há uma semana, creio. Ele alugou um carro em Jerusalém e foi direto para o bairro de Ajami. Vinte anos antes, ele morava numa casa de dois andares perto da escola ortodoxa em Ajami. Lembra-se da escola? Fica atrás do Colégio dos Frades, no caminho para Jabaliya, cerca de duzentos metros à esquerda; a escola ortodoxa fica à direita, onde há um grande pátio, e, depois do pátio, um cruzamento, e, no meio, um beco... pois é lá que Faris Allubda morava com a família. Ele fervia de raiva naquele dia, quando ordenou ao motorista que parasse diante de sua casa. Subiu as escadas de dois em dois degraus e bateu na porta...

4

Era de tarde. Yafa parecia a mesma que Faris Allubda conhecera vinte anos antes — exceto pelo bairro de Manchiya. Os poucos segundos que se passaram entre o instante em que bateu na porta e o momento em que ouviu os passos do homem se aproximarem para abri-la prolongaram-se por uma eternidade de raiva e tristeza desamparada. Finalmente, a porta se abriu. O homem era alto, moreno e usava uma camisa branca com os botões abertos. Esticou a mão para cumprimentar o recém-chegado, sem conhecê-lo. Faris ignorou a mão estendida e falou com uma raiva controlada:

— Vim para ver minha casa. Este local onde você mora é minha casa e sua presença aqui é uma comédia triste que acabará um dia pelo poder de uma arma. Você pode, se quiser, atirar em mim agora mesmo, mas é minha casa, e esperei vinte anos para voltar. E se...

O homem parado na soleira continuou com a mão estendida. Riu em profusão, aproximando-se de Faris até ficarem cara a cara. Então abriu os braços e o abraçou...

— Você não precisa descarregar sua raiva em mim. Sou árabe também e *yafawi* como você. Eu o conheço, você é da família Allubda... Entre, vamos tomar um café.

Impressionado, Faris entrou e mal pôde acreditar. Era a mesma casa, o mesmo mobiliário e arranjo, a mesma cor nas paredes e todas as mesmas coisas que ele lembrava tão bem. Ainda com o sorriso aberto, o homem conduziu-o até a sala de estar. Quando abriu a porta da sala convidando-o a entrar, Faris ficou paralisado e, de súbito, as lágrimas brotaram de seus olhos.

A sala estava exatamente como se ele tivesse saído naquela manhã, com o mesmo aroma de antes, o cheiro do mar, que sempre agitava em sua cabeça um farfalho de mundos desconhecidos, prontos para invadir e desafiá-lo. No entanto, não foi isso que o impactou, mas a foto de seu irmão, Badr, que continuava pendurada na parede branca, única imagem em todo o recinto, com a mesma fita preta e grossa que se estendia pelo canto direito da imagem.

Um ar de luto de repente inundou a sala e lágrimas começaram a rolar pela face de Faris, ainda paralisado. Essas eram lembranças antigas, que agora explodiram como se os portais que as mantinham presas fossem escancarados.

Seu irmão, Badr, foi o primeiro em Ajami a pegar em armas na primeira semana de dezembro de 1947. Naquele tempo, a casa se transformou num local de encontro para os jovens que costumavam lotar a quadra esportiva da escola ortodoxa todas as tardes. Badr juntou-se à luta como se estivesse esperando por aquele dia desde a infância. Então, em 6 de abril de 1948,

Badr foi levado para casa nos ombros de seus companheiros, com a pistola ainda na cintura, mas com o rifle, como seu corpo, esmagado pela granada que o atingiu na estrada de Tall Arrich. O bairro de Ajami velou seu corpo numa procissão digna de um mártir. Um de seus companheiros foi à rua Iskandar Awad, levando uma foto ampliada de Badr, e um calígrafo chamado Qutub escreveu num pequeno cartaz que Badr Allubda fora martirizado pela causa da independência de seu país. Uma criança carregou o cartaz à frente do funeral, enquanto outras duas levavam a foto de Badr. À noite, a foto foi devolvida à casa com uma fita preta amarrada no canto direito.

Ainda se lembrava de sua mãe tirando todas as outras imagens da sala e pendurando a foto de Badr na parede de frente para a porta. A partir daí, o triste cheiro de luto permeou a sala, onde as pessoas se sentavam, admiravam a imagem e ofereciam suas condolências.

De onde estava, Faris ainda podia ver a cabeça dos pregos, que haviam sustentado outras imagens por vinte anos, saindo das paredes nuas. Os pregos pareciam homens parados diante da foto do irmão mártir, Badr Allubda, pendurado sozinho e envolto em preto, no meio da sala.

O homem disse a Faris:

— Entre! Sente-se. Precisamos conversar. Esperávamos por você há muito tempo, mas pensávamos vê-lo em circunstâncias diferentes.

Faris entrou como se caminhasse num sonho absurdo e se sentou numa cadeira de frente para a foto do irmão. Era a primeira vez que o via em vinte anos. Quando saíram de Yafa (um barco os levou de Chatt Achabab para Gaza, enquanto seu pai imigrou para a Jordânia), não carregaram nada com eles, nem mesmo a foto de Badr... que permaneceu lá.

Faris não conseguiu emitir um único som. Então os dois filhos do homem entraram na sala, correram entre as cadeiras e, assim como chegaram, saíram gritando. O homem disse:

— Eles são Saad e Badr, meus filhos.

— Badr?

— Sim, nós lhe demos o nome de seu irmão martirizado.

— E a foto?

O homem parou e sua expressão mudou. Então disse:

— Eu sou de Yafa. Um morador de Manchiya. Na guerra de 1948, as bombas de um morteiro destruíram minha casa. Não quero contar como Yafa caiu, ou como algumas pessoas vieram nos ajudar num momento crucial. Aquilo já passou... O importante é que, quando voltei com os combatentes para a cidade abandonada, eles nos prenderam. Passei um longo tempo na prisão. Quando me libertaram, recusei-me a deixar Yafa e aluguei esta casa do governo.

— E a foto?

— Quando entrei na casa, a foto foi a primeira coisa que vi. Talvez tenha alugado a casa por causa dela. É complicado, não consigo realmente explicar. Quando eles ocuparam Yafa, ela se tornou uma cidade quase deserta. Depois que saí da prisão, senti como se estivesse sob um cerco. Não vi um único árabe aqui. Eu era uma pequena ilha, isolada num mar de furiosa hostilidade. Você não experimentou essa agonia, mas eu a vivi. Quando vi a foto, encontrei consolo nela, um companheiro que falava comigo, para me lembrar de coisas de que eu poderia sentir orgulho, coisas que eu considerava as melhores em nossa vida. Então decidi alugar a casa. Naquele momento, como agora, parecia-me que, para um homem, ter um companheiro que empunhava armas e morreu pelo seu país era algo precioso e de que não se podia abrir mão. Talvez fosse uma espécie de lealdade para com aqueles que lutaram. Senti que me livrar da foto seria uma traição imperdoável. Ela me ajudou não apenas a resistir, mas também a permanecer. É por isso que a foto ficou aqui. Ela ficou como parte de nossa vida. Eu, minha esposa Lâmia, meus filhos Badr e Saad e seu irmão Badr... somos todos uma família. Vivemos juntos há vinte anos. Isso foi algo muito importante para nós.

Faris ficou lá até meia-noite, olhando para o irmão Badr sorrindo na foto, cheio de juventude e vigor, sob aquela faixa preta, como vinte anos atrás. Quando Faris se levantou para sair, perguntou se poderia levar a foto. O homem disse:

— Claro. Afinal ele é, acima de qualquer outra coisa, seu irmão.

Levantou-se e tirou a foto da parede. Atrás dela ficou um retângulo pálido e sem sentido, um vazio perturbador.

Faris levou a foto para o carro e retornou para Ramallah. Durante todo o caminho, olhou para ela, recostada no assento a seu lado. Badr sorria, com aquela expressão jovem e luminosa, e Faris continuava a mirá-lo enquanto atravessava Jerusalém, até a estrada que levava a Ramallah. Repentinamente, um sentimento o despertou e o fez ver que não tinha o direito de ficar com a foto, embora não conseguisse entender o porquê. Então pediu ao motorista que retornasse a Yafa, onde chegou pela manhã.

Subiu as escadas mais uma vez, agora lentamente, e bateu na porta.

Quando recebeu a foto das mãos de Faris, o homem disse:

— Senti um vazio terrível quando olhei para o retângulo deixado na parede. Minha esposa chorou e meus filhos ficaram tristes. Lamentamos por eu ter deixado você levar a foto. Afinal, esse homem é um de nós. Vivemos com ele e ele mora conosco; tornou-se parte de nós. Durante a noite, eu disse a minha esposa que se você queria reivindicá-la, deveria também reivindicar a casa, Yafa e a nós... A foto não resolve seu problema, mas, no que nos diz respeito, é uma ponte que liga você a nós e nós a você.

— Faris voltou para Ramallah sozinho — disse Said S. a sua esposa. — Faris Allubda... se você soubesse...

E sussurrou numa voz quase inaudível:

— Agora ele pega em armas.

5

Na rua, um motor se fez ouvir. Miriam entrou na sala e seu rosto foi ficando pálido. Era quase meia-noite. A senhora dirigiu-se lentamente à janela, afastou um pouco a cortina e, com uma voz trêmula, disse:

— Aí está Dov. Ele chegou!

Da escada, ouviam-se passos juvenis, mas cansados. Said S. seguiu aqueles passos, um após o outro, subindo os degraus. Desde que ouvira o portão de ferro bater e o som da tranca, seus nervos se retesaram.

Os minutos se alongaram e o silêncio predominou como um zumbido insano e insuportável. Então ouviu o som de uma chave abrindo a porta. Olhou para Miriam e a viu, pela primeira vez, sentada ali, com o rosto pálido e trêmulo. Não teve coragem suficiente para olhar para Safiya, por isso manteve os olhos fixos na porta. Sentiu, de uma só vez, o suor escorrer por cada poro de seu corpo.

Os passos vindos do corredor eram abafados e pareciam confusos. Só então ouviu uma voz, hesitante e forte, chamar:

— *Mama*!

Miriam estremeceu ligeiramente e esfregou as mãos. Said escutava Safiya sufocando as lágrimas em silêncio. Os passos hesitaram um pouco, como se antecipassem algo. Novamente, a mesma voz falou e, quando calou, Miriam traduziu num sussurro hesitante:

— Ele está perguntando por que estou na sala de estar a essa hora da noite.

Os passos continuaram na direção da sala. A porta estava entreaberta e Miriam disse em inglês:

— Venha cá, Dov. Há convidados que desejam vê-lo.

A porta se abriu devagar. No começo, foi difícil acreditar no que via, já que a luz estava fraca. Então aquele homem alto deu um passo à frente: usava um uniforme militar e carregava uma boina na mão.

Said levantou-se, como se uma descarga elétrica o tivesse expulsado da cadeira. Olhou para Miriam e disse com voz tensa:

— Essa é a surpresa? É por isso que você queria que esperássemos?

Safiya virou-se para a janela e escondeu o rosto entre as mãos, soluçando abertamente.

O jovem permaneceu na entrada, deslocando o olhar entre os três, confuso. Miriam se levantou e disse devagar, com uma calma artificial:

— Quero lhe apresentar seus pais, seus pais biológicos.

O jovem alto deu um passo à frente, com lentidão, e seu rosto mudou de cor; pareceu ter perdido a autoconfiança naquele mesmo instante. Ele olhou para o uniforme, depois se voltou para Said, que ainda estava em pé diante dele, mirando-o fixamente, e então disse num tom moderado:

— Eu não conheço outra mãe. Quanto a meu pai, ele foi morto no Sinai, há onze anos. Eu não conheço outros pais além de vocês.

Said deu dois passos para trás, sentou-se e colocou a mão de Safiya entre as suas. Admirou-se, consigo mesmo, com a rapidez com que conseguiu recuperar a calma. Se alguém lhe dissesse, cinco minutos antes, que estaria sentado ali com toda aquela calma, ele não acreditaria, mas agora tudo havia mudado.

Os minutos corriam vagarosos, enquanto tudo permanecia imóvel. Então o jovem alto começou a perambular devagar: três passos em direção ao meio da sala, três passos em direção à porta, depois de volta ao centro. Depositou sobre a mesa a boina que, de alguma forma, pareceu inapropriada, quase ridícula, ao lado do vaso de madeira com as penas de pavão. Said foi tomado por uma sensação estranha, como se estivesse assistindo a uma peça ensaiada com antecedência e minúcia. Tudo isso o fez lembrar os melodramas baratos e suas cenas artificiais, que provocam emoções rasas.

O jovem se aproximou de Miriam e disse com uma voz decisiva, para que fosse entendido de forma explícita:

— O que os dois vieram fazer aqui? Não me diga que querem me levar?!

Com o mesmo tom de voz, Miriam respondeu:
— Pergunte a eles.

Ele se virou, duro feito um pedaço de madeira, e, como se seguisse uma ordem, perguntou a Said:

— O que deseja, senhor?

Said manteve a postura, mais parecida, naquele momento, com uma casca fina que escondia uma chama ardente. Em voz baixa, disse:

— Nada. Nada, apenas... curiosidade.

Um silêncio súbito se disseminou e sobre ele ergueu-se o som dos soluços de Safiya, como se saíssem do assento de um espectador impressionável. O jovem desviou o olhar: de Said para Miriam, depois para a boina depositada ao lado do vaso. Recuou como se algo o forçasse a retornar para a cadeira ao lado de Miriam. Então se sentou enquanto dizia:

— Não. É impossível. É inacreditável.

Calmamente, Said perguntou:

— Você está no exército? Contra quem você luta? Por quê?

O jovem levantou-se de repente.

— Você não tem o direito de me fazer essas perguntas. Você está do outro lado.

— Eu? Estou do outro lado?

Riu com entusiasmo. E com esse riso explosivo sentiu como se estivesse empurrando toda dor e tensão, medo e angústia para fora de seu peito. Queria continuar a rir. Rir até que o mundo inteiro fosse virado de cabeça para baixo ou até adormecer, ou morrer, ou correr para o carro. Mas o jovem interrompeu-o bruscamente.

— Não vejo motivo para rir.

— Eu vejo.

Ele riu um pouco mais, parou e ficou em silêncio tão repentinamente como quando começou; recostado em sua cadeira, sentiu a calma retornar e procurou por um cigarro em seus bolsos.

O silêncio se prolongou. Então Safiya se recompôs e perguntou em voz baixa:

— Você não sente que somos seus pais?

Ninguém sabia a quem a questão fora endereçada. Miriam certamente não entendeu, nem o jovem alto. Said não respondeu. Terminou o cigarro e foi até a mesa para apagá-lo. Foi obrigado a mover a boina; fez isso sorrindo com ironia. Depois voltou a se sentar.

Então o jovem disse com a voz completamente alterada:

— Vamos conversar como pessoas civilizadas.

Mais uma vez, Said riu e disse:

— Você não quer negociar, certo? Você disse que estamos em lados opostos. O que aconteceu? Quer mesmo negociar?

Agitada, Safiya perguntou:

— O que ele disse?

— Nada.

O jovem se levantou novamente e falou, como se tivesse ensaiado aquelas frases há muito tempo:

— Eu não sabia que Miriam e Efrat não eram meus pais até cerca de três ou quatro anos atrás. Desde pequeno, sou judeu. Vou à sinagoga, à escola judaica, como comida *kosher* e estudo hebraico. Quando eles me disseram que eu não era seu filho biológico, isso não mudou nada. Mesmo quando me disseram, mais tarde, que meus genitores eram árabes, ainda assim nada mudou. Não, nada mudou. Uma coisa é certa, em última análise, o homem é uma causa.

— Quem disse isso?

— Disse o quê?

— Quem disse que o homem é uma causa?

— Não sei. Não me lembro. Por que pergunta?

— Curiosidade. Na verdade, é exatamente isso que passa pela minha cabeça neste momento.

— O homem é uma causa?

— Sim.

— Então, por que você veio me procurar?

— Não sei. Talvez porque ainda não soubesse disso ou para estar mais certo disso. Eu não sei. De qualquer forma, por que não continua?

O jovem alto voltou a andar com as mãos cruzadas atrás das costas: três passos em direção à porta, três passos em direção à mesa. Parecia que tinha decorado uma longa lição e, ao ser interrompido, não sabia como terminar. Revisava a primeira parte silenciosamente em sua cabeça para poder continuar. Subitamente, disse:

— Depois de saber que vocês eram árabes, fiquei me perguntando: como um pai e uma mãe podem abandonar seu filho de cinco meses e fugir? E como podem aqueles que não são seus pais de sangue criá-lo e educá-lo por vinte anos? Vinte anos! Deseja dizer alguma coisa, senhor?

— Não — Said respondeu breve e decididamente, fazendo um gesto com a mão para que ele continuasse.

— Estou na reserva. Nunca participei de um combate direto, para que pudesse expressar meus sentimentos, mas talvez no futuro eu possa confirmar o que estou prestes a dizer agora: pertenço a este lugar e esta senhora é minha mãe. Não conheço vocês dois e não sinto nada de especial em relação a vocês.

— Não há necessidade de você descrever seus sentimentos para mim. Talvez seu primeiro combate seja contra um *fidaí* chamado Khalid. Khalid é meu filho. Espero que você tenha reparado que eu não me referi a ele como seu irmão, já que, como você disse, o homem é uma causa. Na semana passada, Khalid se juntou aos *fidaiyin*... Você sabe por que o chamamos Khalid e não Khaldun? Porque sempre pensamos que encontraríamos você, mesmo que demorasse vinte anos. Mas isso não aconteceu. Nós não o encontramos. E não acredito que o encontraremos.

Said se levantou com dificuldade. Só agora sentiu cansaço, como se consumisse sua vida em vão. Esses sentimentos deram lugar a uma tristeza inesperada, que quase o levou às lágrimas. Sabia que era uma mentira, que Khalid não se juntara aos *fidaiyin*. Na verdade, foi ele mesmo quem o proibiu. Até ameaçou renunciar a Khalid se ele o desafiasse e se juntasse à resistência. Os poucos dias que se passaram desde então lhe pareceram um pesadelo que terminava com uma imagem aterrorizante. Fora ele mesmo quem, havia alguns dias, ameaçara renunciar ao filho Khalid? Que mundo estranho! E agora não conseguia encontrar nenhuma maneira de se defender ante a renúncia daquele jovem alto a sua filiação, a não ser se orgulhar da paternidade de Khalid — o mesmo Khalid que ele impediu de se juntar aos *fidaiyin*, por meio desse açoite irrelevante que costumava chamar de paternidade! Quem sabe Khalid tenha aproveitado o fato de estarem em Haifa para fugir... "Ah, se ele tiver feito isso!" Que decepção seria, em relação a todos os valores dessa existência, retornar e encontrar Khalid em casa a sua espera.

Deu alguns passos para a frente e, novamente, contou as cinco penas de pavão no vaso de madeira. Pela primeira vez, desde que o jovem alto entrou na sala, olhou para Miriam e lhe disse com vagar:

— Ele se pergunta como um pai e uma mãe podem deixar seu bebê no berço e fugir... Minha senhora, a senhora não lhe disse a verdade e, quando disse, era tarde demais. Fomos nós que o deixamos? Fomos nós que matamos aquela criança, perto da igreja de Belém, em Hadar? A criança, cujo corpo, você mesma disse, foi a primeira coisa que a chocou neste mundo que pisa diariamente e de forma vil na justiça... Talvez essa criança fosse Khaldun! Talvez a pequena coisa que morreu naquele dia miserável fosse Khaldun. Aliás, era Khaldun. Você mentiu para nós. Era Khaldun. Ele morreu. Este jovem não é outro senão um órfão que você encontrou na Polônia ou na Inglaterra.

O jovem se encolheu na cadeira derrotado, e Said disse a si mesmo: "Nós o perdemos, mas certamente, depois de tudo isso, ele também se perdeu e nunca mais será o mesmo que era há uma hora".

Sentiu uma satisfação enorme e inexplicável, que o impeliu para a cadeira onde o jovem estava sentado. Parou diante dele e disse:

— O homem, em última análise, é uma causa. Isso foi o que você disse e é verdade. Mas qual causa? Essa é a questão! Pense bem. Khalid também é uma causa, não porque é meu filho; de qualquer maneira, deixemos os detalhes de lado. Quando estamos diante de um homem, nada disso tem a ver com carne, sangue, carteiras de identidade ou passaportes. Consegue entender isso? Bom. Vamos imaginar que você nos recebesse — como sonhamos por vinte anos — com abraços, beijos e lágrimas. Isso mudaria alguma coisa? Mesmo que você nos tivesse aceitado, aceitaríamos você? Que seu nome seja Khaldun, ou Dov, ou Ismael, ou qualquer outro... O que muda? Apesar de tudo, eu não sinto desprezo por você. A culpa não é apenas sua. Talvez a culpa se torne seu destino a partir deste momento. Mas antes disso, o que mais? Não é o homem aquilo que é injetado nele, hora após hora, dia após dia, ano após ano? Se eu me arrependo de algo é de ter acreditado, por vinte anos, no oposto disso!

Voltou a seu lugar, arrastando os passos, na tentativa de parecer o mais calmo possível. Nos poucos passos que deu, passando pela mesa cravejada de conchas, onde as penas de pavão balançavam no vaso de madeira, sentiu que tudo parecia completamente diferente de quando entrou naquela sala pela primeira vez, algumas horas antes. Então perguntou a si mesmo: "O que é a pátria?". Sorriu amargamente e desabou na cadeira, como se fosse um objeto caindo. Safiya, preocupada, olhou para ele com os olhos arregalados e uma expressão indagadora. Só agora ocorreu a Said que poderia envolvê-la na conversa. Então ele lhe perguntou:

— O que é a pátria?

Ela recuou, surpresa, com o mesmo olhar de espanto, como se não acreditasse no que tinha ouvido. Assim, indagou com uma delicadeza um tanto desconfiada:

— O que você disse?

— Eu perguntei: o que é a pátria? Perguntei-me isso agora há pouco. Pois é, o que é a pátria? São essas duas cadeiras que permaneceram nesta sala por vinte anos? Essa mesa? Essas penas de pavão? Aquela imagem de Jerusalém na parede? A tranca de cobre? O carvalho? A varanda? O que é a pátria? Khaldun? Nossas ilusões sobre ele? A paternidade? A filiação? O que é a pátria? Para Faris Allubda, o que é a pátria? É a foto do irmão pendurada na parede? São apenas perguntas.

Mais uma vez, Safiya, subitamente, começou a chorar, secando as lágrimas com um pequeno lenço branco. Said olhou para ela e pensou: "Como essa mulher envelheceu. Ela desperdiçou sua juventude esperando por este momento, sem saber que seria um momento terrível".

Olhou para Dov novamente. Pareceu-lhe absolutamente impossível que ele pudesse ter nascido de sua esposa e tentou descobrir alguma semelhança entre Dov e Khalid, mas não conseguiu encontrar nenhuma. Em vez disso, vislumbrou uma oposição entre os dois, que o surpreendeu e fez com que perdesse qualquer sentimento por aquele jovem. Pareceu-lhe que todas as suas lembranças de Khaldun eram um punhado de neve que o sol ardente logo derreteu.

Continuava olhando para ele quando Dov se levantou e parou rígido diante de Said, como se liderasse uma fila de soldados escondidos. Fez um esforço enorme para se acalmar.

— Talvez nada disso acontecesse se vocês se comportassem como pessoas civilizadas e conscientes deveriam se comportar.

— Como?

— Vocês não deveriam ter deixado Haifa. Caso isso não fosse possível, não deveriam, em hipótese nenhuma, ter deixado uma criança de colo em seu berço; e se, ainda assim, isso também fosse impossível, nunca deveriam ter parado de tentar retornar... Se isso também fosse impossível? Vinte anos se passaram, senhor! Vinte anos! O que fez durante esse tempo para reclamar seu filho? Se eu fosse você, teria pegado em armas por essa causa. Existe algum motivo mais relevante? Vocês são fracos, fracos! Acorrentados pelos grilhões do atraso e da paralisia! Não venha me dizer que passaram vinte anos chorando! Lágrimas não trarão de volta o que se perdeu e não farão milagres! Todas as lágrimas do mundo não podem levar um pequeno barco carregando um casal à procura de seu filho perdido. Então você passou vinte anos chorando... É isso que você está me dizendo? Essa é sua arma... insignificante, desgastada?

Said recuou, chocado, brutalmente atingido e dominado pela vertigem. Era verdade? Ou apenas um sonho prolongado, um pesadelo pegajoso, que o cobria como um polvo imenso? Ele olhou para Safiya, cujo espanto tomava a forma da derrota, e sentiu uma profunda tristeza. Apenas para não parecer tolo, dirigiu-se até ela e disse com a voz trêmula:

— Não quero discutir com ele.
— O que ele disse?
— Nada... Bem, ele disse que somos covardes.

Safiya perguntou inocentemente:

— E porque somos covardes ele pode se comportar assim?

Com isso, encarou o jovem que ainda estava de pé. As penas de pavão atrás dele pareciam formar a cauda de um grande galo de cor cáqui. Essa visão, surpreendentemente, animou Said, que disse:

— Minha esposa pergunta se o fato de sermos covardes lhe dá o direito de ser assim. Como você pode ver, ela, inocentemente, reconhece que nós fomos covardes. Dessa perspectiva, você está correto. Mas isso não justifica nada, pois dois erros não fazem um acerto. Se esse fosse o caso, então o que aconteceu com Efrat e Miriam, em Auschwitz, estaria correto. Quando vocês vão parar de acreditar que a fraqueza e os erros dos outros são colocados na conta de suas próprias prerrogativas? Esses velhos tópicos estão desgastados e esses métodos matemáticos, cheios de trapaças... Primeiro vocês dizem que nossos erros justificam seus erros, depois dizem que uma injustiça não justifica outra... Vocês usam a primeira lógica para justificar sua existência aqui, e a segunda para evitar a punição que merecem. Parece-me que vocês gostam muito desse jogo estranho. Mais uma vez, você está tentando fazer de nossa fraqueza um cavalo de corrida para nos montar e nos domar... Não, não estou me dirigindo a você como se você fosse um árabe. Mas agora eu sei, melhor que ninguém, que o homem é uma causa, e não carne e sangue transmitidos de geração em geração, como um comerciante que negocia uma lata de carne com seu cliente. Falo com você supondo, em última análise, que você é um ser humano. Judeu ou o que seja, você tem que entender as coisas como elas são... Eu sei que um dia perceberá essas coisas e saberá que o maior crime que um homem pode cometer é acreditar, mesmo por um momento, que a fraqueza e os erros dos outros lhe dão o direito de existir a sua custa e justificar seus próprios erros e crimes.

Calou-se por um momento e olhou diretamente nos olhos de Dov.

— E você? Acredita que vamos continuar errando? Se um dia pararmos de cometer erros, o que restará a você?

Sentiu que deveriam se levantar e sair, pois tudo havia chegado ao fim e não restava mais nada a dizer. Naquele momento, sentiu uma saudade profunda de Khalid e desejou poder voar até ele, abraçá-lo, beijá-lo e chorar em seu ombro, invertendo os papéis de pai e filho de uma maneira única e inexplicável. "Isso é a pátria", disse, sorrindo, para si mesmo. Depois, dirigiu-se a sua esposa:

— Você sabe o que é a pátria, Safiya? A pátria é nada disso acontecer.

E ela perguntou, um pouco tensa:

— O que você tem, Said?

— Nada. Nada. Eu só estava pensando alto. Procuro a verdadeira Palestina, uma Palestina que é mais do que memória, mais do que penas de pavão, mais do que um filho, mais do que rabiscos a lápis nas escadas. Indagava a mim mesmo: o que é a Palestina para Khalid? Ele não conhece o vaso, nem a foto, nem a escada, nem Halisa, nem Khaldun. No entanto, para ele, a Palestina é algo digno de se pegar em armas e morrer por ela. E para nós, para você e para mim, é apenas uma busca por algo enterrado sob a poeira da memória. E veja o que encontramos sob esse pó. Mais pó. Estávamos enganados quando achamos que a pátria era apenas o passado. Para Khalid, a pátria é o futuro. É aí que nós divergimos, e é por isso que Khalid quer pegar em armas. Dezenas de milhares como Khalid não serão interrompidos pelas lágrimas inócuas dos homens que procuram nas profundezas de suas derrotas por fragmentos de escudos e flores partidas. Eles estão olhando para o futuro, para que possam corrigir nossos erros e os erros do mundo inteiro. Dov é nossa vergonha, mas Khalid é nossa honra duradoura. Não lhe disse desde o início que não deveríamos vir, pois isso exigiria uma guerra? Vamos! Khalid soube antes de nós... Ah, Safiya... Ah!

Levantou-se e Safiya ficou a seu lado, esfregando o lenço, confusa, enquanto Dov permaneceu sentado e encolhido. Sua boina jogada sobre o vaso parecia, mais uma vez e por algum motivo, ridícula. Miriam disse lentamente:

— Vocês não podem sair assim. Não falamos o suficiente sobre a questão.

Said respondeu:

— Não há mais nada a dizer. Para você talvez tudo tenha sido apenas má sorte. Mas a História não funciona assim. Quando chegamos aqui, estávamos contrariando a História como quando, admito, saímos de Haifa. No entanto, era para ser apenas temporário. Sabe de uma coisa, senhora? Acho que todo palestino pagará um preço. Conheço muitos que pagaram com os filhos. Agora sei que também eu paguei com um filho, de uma maneira estranha, mas paguei o preço... Essa foi minha primeira parcela, e é algo que será difícil de explicar.

Virou-se e viu Dov, ainda encolhido na cadeira, segurando a cabeça entre as mãos. Quando Said chegou à porta, disse:

— Vocês dois podem permanecer em nossa casa temporariamente. Será preciso uma guerra para acabar com isso.

Então desceu as escadas olhando todas as coisas com cuidado. Tudo parecia menos importante do que poucas horas antes, incapaz de despertar nele qualquer sentimento profundo. Ouviu o som dos passos de Safiya logo atrás, agora mais confiantes do que antes. Lá fora, a rua estava quase vazia. Entrou no carro e deixou-o descer em silêncio até o pé da encosta. Somente na curva ligou o motor e seguiu em direção à rua Malik Faisal.

Ficou em silêncio. Não pronunciou uma única palavra até chegar à entrada de Ramallah. Só então olhou para a esposa e disse:

— Espero que Khalid tenha partido durante nossa ausência!

Dados Internacionais de Catalogação na Publicação (CIP)

K16r

Kanafani, Ghassan, 1936-1972
  Retorno a Haifa / Ghassan Kanafani ; tradutor: Ahmed Zoghbi. – Rio de Janeiro : Tabla, 2023.
  76 p.; 21 cm.

  Tradução de: Ayid ila Haifa.
  Tradução do original em árabe.

  ISBN 978-65-86824-58-2

  1. Ficção árabe. 2. Palestina – Ficção. I. Zoghbi, Ahmed. II. Título.

CDD 892.736

Roberta Maria de O. V. da Costa – Bibliotecária CRB-7 5587

Título original em árabe
عائد الى حيفا / Ayid ila Haifa

© Anni Kanafani

Nenhuma parte deste livro pode ser reproduzida, armazenada em algum sistema de recuperação, ou transmitida em qualquer forma ou por quaisquer meios sem a permissão prévia por escrito do proprietário dos direitos autorais.

A 1ª edição do original em árabe foi publicada em 1970.

EDITORA
Laura Di Pietro

PREPARAÇÃO
Abdel Rahman Mourad
Safa Jubran

REVISÃO
Gabrielly Alice da Silva

PROJETO GRÁFICO E COMPOSIÇÃO
Cristina Gu

FOTO DA CAPA
© Breno Rotatori

FOTO DE ABERTURA
Ghassan Kanafani, 1968.

Nossos agradecimentos a Anni e Leila Kanafani pela seleção e envio da imagem.

[2023]
Todos os direitos desta edição reservados à
EDITORA ROÇA NOVA LTDA.
+55 21 99786 0747
editora@editoratabla.com.br
www.editoratabla.com.br

Este livro foi composto em Protipo Compact e Bennet Text, e impresso em papel Pólen Bold 90 g/m² pela gráfica Santa Marta em abril de 2024.